# 違う形の雲の下

遠藤友紀恵

# 違う形の雲の下

# まえがき

私は小さな頃から本が嫌いでした。

本で読む事よりも、誰かの話を聞く事やテレビを観る事、漫画を読む事が大好きでした。そんな私が、十九歳の頃に友達から初めて借りた詩「君の側で会おう」に出合いました。形が決まっていなくて、つぶやくような文章の中に、さりげなく気持ちが込められている銀色夏生さんの詩に、戸惑いなく吸い込まれて行った事を、現在四十二歳の私も鮮明に覚えています。四十一歳の時、日本を代表される詩人であり、今は亡くなられている永瀬清子さんの存在を父から教わり、書き溜めていた詩を投稿したところ、第一回永瀬清子現代詩賞を受賞する事が出来ました。大変嬉しく、誇らしく感じています。私は詩が大好きです。今の私にとっては、気持ちを誰かに届ける事の出来る、大事な一つの形になっています。上手とか下手ではなくて、読んで下さる方が詩に込められた思いに気づいて下さり、共感して下さったなら…。そんな思いで本にする事を決意しました。

最後まで読んで頂けると嬉しいです。

遠藤　友紀恵

目次

まえがき　2

家族

父からの遺伝子　12
母は花が好き　14
娘の名は純花　16
尊い人　18
スギナと本当の私　19

届かぬ想い

人知れず努力するあなたは　22
幻春 ～ゆめ～　23
葉桜　24

カチンの釘　25
気づき　～目覚め～　27


## 情

ポツン　30
ありがとう　31
正しい道　33
不幸自慢　36
広い広い雲の上で　38
涙の出ない別れ　40
人間の情　42


## マヤファームより　45

## 逞しい仲間

玉ねぎの詩　50

元気の素　53
虫　55
仲間っていいいな　56
十人十色　58
ありふれた日常　62


不安

幸せへのリアル　66
そんな日は来ないと　69


美しき想い

七枚の葉　74
世和願心　～はてなく～　76
金木犀　～キンモクセイ～　79
絆　～先生～　82

違う形の雲の下

思うままに生きて　86
どんな事も受け入れよう　88
助けないという優しさ　89
違う形の雲の下　90

父より　91

あとがき　95

挿し絵　池上智子
佐直　諒

# 家族

# 父からの遺伝子

父は昔から　あまり物を言わない
大事な場所でも　言わないから
損ばかりしている

そんな父を見て育ち
子供の頃は苛立った

大人になった今
言わない理由が少しわかる

どんな人の上にも立ちたくない
父が上から人を見下ろす姿を
見た事がない

きっと上から見下ろされることが
大嫌いなのだろう

言わない事で損をする

けれど　ほんの少し
私にも備わっている

父からの遺伝子

# 母は花が好き

花は文句を言わない

大事に育てたら
何も言わない代わりに
思った以上に綺麗に育って
母の心を癒してくれる

私が母を困らせた分

花に有難うと言いたい
花が好きな母を
そっとしてあげたい

母は花が好き

花は文句を言わない
…が母の口癖

# 娘の名は純花

娘の名は純花　あやか
純粋に　素朴に
育つ花

この名は私が付けた
字画が良い訳でも
綺麗になって欲しかった
訳でもない

遠藤純花
（当時五歳）

ただ　素朴さと　名前の響きが
気に入って
付けさせて頂きました

あなたの　心　には
華　はないけど　花　がある
素朴で控えめな花心

お母さんは心から
そう思います

# 尊い人

すぐ横にある　短い髪を
ふざけて　なでてみると
照れながら　怒ってる
言葉では　表せない
ささやかな幸せ
尊い人

# スギナと本当の私

私は表向き　根が浅い
少しの事で　あっさり取り切れる
普通の草

スギナは余程の事がない限り
根の奥底まで取れる事はない
根深い草

根深い所が共通点
スギナと本当の私

# 届かぬ想い

# 人知れず努力するあなたは

笑顔で挨拶をする事に
何のためらいがあるのでしょう

穏やかな幸せから
何故遠のくの？

自分の不甲斐なさを口ずさみながら

人知れず努力しているあなたは

# 幻春　～ゆめ～

あの人が喜ぶ姿を初めて見る事が出来ると
あの人の心が春のようにポカポカと
初めて暖かくなったのだと

私は嬉しくなった

幻を…見たのでした

# 葉桜

満開が綺麗　と　人は言う
確かに僕も　そう思う

だけど　散りかけも…
寂しいけど　好きだな

満開をありがとう
これから　葉桜だね

# カチンの釘

人から言われてカチンと来た
我慢していると心に刺さった釘は
なかなか取れない
我慢を続けると釘は心を腐らせて行く

とてつもなく心と体に害を与える腐った釘は
日々心を蝕んで行く

早めに　なるべく早めに
信頼できる誰かに話して　取る方法を考えよう

# 気づき　～目覚め～

すべての経験は何かを変えて行く
自分でなければ　気づけない
ふとした時の　ちょっとした気づき
グッと来た時に　ハッと目覚める

# 情

# ポツン

ポツン
輪の中で　孤独が音を奏でてる
音を受け入れる者は
誰一人　いないのだ

# ありがとう

娘が目を輝かせて言う
学校で先生の手伝いをして
掃除をしていると
ありがとう　と先生が言ってくれる
毎日　毎日　かかさず
ありがとう　と

学校嫌いの娘は

友達がほとんどいない
けれど毎日先生の手伝いをして
自分の居場所を作り
自分磨きをしている

そんな先生に私は感謝します
ありがとうございます

# 正しい道

何でもかんでも
正当化ばっかり
嫌気がさす程
正しい道探す

でも何が正しいかっての
答えはいつも一人一人
違って当たり前

いつも話す時に自分を殺している自分
本音でぶつかりそこに危険を犯す人

何でもかんでも
正当化ばっかり
嫌気がさす程
正しい道探す

じゃあ何が正しいかっての
ことなんかより
自分の居場所が見つかったらいいのに
自分の人生楽しめたらいいのに

正しい道を探すことより
自分を大事に　人を大事に

# 不幸自慢

不幸であることがそんなに
素晴らしいことなのか　と思わされる程に
不幸であることを訴える人がいる

確かに　あまり良い気持ちはしない
けれど　それが彼女が生きて来た中で訴え
たいことの一つであるのなら
私は素直な気持ちで聞けたら嬉しい

何故なら　さらけ出した感情は
素直な気持ちで聞いてくれる人によって
少しは軽減されるのではないかと
思うから

不幸自慢　をする人は
自慢が目的ではなく
さらけ出せる相手に分かって欲しくて
訴えていると　私は解釈したいのです

# 広い広い雲の上で

雲の上を飛んだ時
年甲斐もなく
ふわっふわの雲の上に
乗っかりたいと思った

小さな頃
田んぼの手伝いをしながら
空を見上げて

色んな形の雲に憧れた

大人になった私は
飛行機という乗り物に乗り
あの　雲の上を飛んでいる

広い広い雲の上で
小さな頃仲の良かった友達と
はしゃぎながら遊びたい

広い広い雲の上で

# 涙の出ない別れ

精一杯看病した母にとって
ちっとも怖くなかった
祖母が遠のいて逝く事が…
安心出来た

もう　苦しまなくて　大丈夫
涙の出ない別れ

# 人間の情

沢山腹が立った相手を
心底憎めない

人間の情　が
嫌いを増やさない

嫌いを増やせない自分が
時にやるせない

実に…情けない

# マヤファームより

遠藤さんがうちの農場に来て四年が経ちます。歌や詩が好きな彼女が、とある雑誌に詩を掲載した事をきっかけに、何かに目覚めた様に作品を作っていく姿を見て、本当にすごいパワーを感じました。農作業を題材にした作品から始まり、それに携わる作業の様子や、仲間達の事、又経営者である私との会話の中から様々な人の人生感にまで及ぶ彼女の作品は、読んでいる私達を成長させてくれる様な気持ちにさせてくれます。もしかしたら作品を作っている彼女自身が詩を作る事によって成長しているのかも知れません。そして彼女の作品は、いつも自分の周囲の人々すべてを受け入れる優しさを感じます。

これらの作品が本になる事は、私達仕事仲間にとっても大変誇らしく感じます。彼女の詩を多くの人に読んで貰える様、今後とも応援して行きたいと思います。

ネオクリエイション　マヤファーム

代表　厚　見　剛

# 逞しい仲間

# 玉ねぎの詩

1.
玉ねぎ　丸くて　コロリンと
栄養　まんてん　美味しいよ
みんなで作った玉ねぎは
むいたら　つるんと　顔を出す

玉ねぎ　大きい　苗を見て
今日も　みんなで　植えようよ
みんなで　植えた　玉ねぎは

明日を　生きる　糧になる

玉ねぎ　抜いて　ゴロゴロと
抜いた　玉ねぎ　4万個

2.
玉ねぎ　ブラリン　ブラリンと
上から　ブランコ　楽しいか
玉ねぎ干し場に並ぶんだ
玉ねぎ切ったら　ポロポロりん

玉ねぎ　でかくて　小さくて
みんなに　届く　玉ねぎは
色や形は違うけど
汗と努力のたまものだ

玉ねぎ　料理に　大変身
みんなの　家庭に　こんにちは

いっただきまーす

# 元気の素

入り混じる　人の汗
土から掘り起こした白ネギは
とても逞ましい

匂いがキツイというけれど
汗も涙も出るけれど
ネギ特有の匂いには
元気の素が詰まってる

細く曲がった白ネギも
真っ直ぐ太った白ネギも

無駄になることがなく
沢山の人に届いて欲しい
無駄にすること少なく
元気の素　を届けて欲しい

# 虫

草になりすまそうとしたら
いつかはバレるよ
花になりすまそうとしても
いつか叩かれるよ

あなたは虫なのだから

# 仲間っていいな

上手く付き合えてるかどうかなんて
考えてもキリがない
ひたむきなあなたを拒むなんて
誰もいない

私達集まったら　好きな話をしてる
仲間っていいなって　そんな時思う
疲れてるんなら　遠慮なんていらない

話す気になったら　いつでも聞くよ
一杯のコーヒーは　心を
暖めてくれる飲み物だよ

分かってるつもり　気持ちを分かるのは無理
でも誰か傷を負った時
ばんそうこう　渡したい

私達集まったら　笑顔になる時がある
仲間っていいなって　そんな時思う
私達集まったら　自然と助け合ってる
思いやりっていいなって　そんな時
心から思う

# 十人十色

どんな気持ちを伝えたい？
こんな心で歌いたい
心に迷いがあっても
夜空見上げる人達がいる

一人一人の精一杯
そんな姿が見られたら
一人一人がそのままで

頑張る気持ちでいられたら
人の力は皆違う
あれが出来たりこれが出来たり
色んな人が居るといい
一生懸命出来るのなら

頑張れよという応援
無理せずにという癒し
今のあなたはどちらを望む？

十人十色　色んな人が居ることが
十人十色　色んな色を創り出す
十人十色　色んな人が居る中で
十人十色　自分の色を出せるかな？

誰かが何かに悩む時
心で応援している
誰かがくじけて辛い時
強くなれるの待っている
人の心は皆違う
あんな悩みやこんな悩み
悩みは多くてもいい
心に希望が実るのなら

頑張れよという応援
無理せずにという癒し
今のあなたはどちらができる?

消えてしまおうと　思い悩んでいた日々が過去にある
でも生き抜く事で　自分色見つけた

十人十色　色んな人が居る中で
十人十色　楽しめることできるかな？
十人十色　色んな人が居ることを
十人十色　受け入れていたい
十人十色　色んな人を知ることで
…世界が広がる

十人十色

# ありふれた日常

別にいいんじゃない？
ありふれた服でも
カッコばかりつけるのは
あんまり好きじゃない

これでいいんじゃない？
ありふれた靴でも
かしこまってばかりなのは

全く好きになれない

どんなところにでも
生まれて来る草のような
飾らない強さ　そんな精神

別にいいんじゃない？
ありふれた日常でも
それがあなたの幸せであるなら

# 不安

# 幸せへのリアル

1.
この街に産まれて
この街で育って
これからの未来を　私は考える
不安がいっぱいあり過ぎて
一体　どしたら　いいのかと…
誰かに聞けるコトじゃない

自分で決めてくコト
だけど　時に人は誰かを
頼りにしてしまうね

2.
憂鬱な時も
楽しんでる時も
本当の私は　何処にいたのだろう？

目一杯　自分を　出せてるのは
家族といる時　そんな気がする

私の足りないモノを
補って貰ってばかり
けれど　いつか　誰をも頼らず

生きて行ける　強さ
肩を並べて歩く
それが…幸せへのリアル

# そんな日は来ないと

何も求めてなんかいない
困らせたい訳じゃない
ただ　あなたが側に居なくなる日が来る事が
不安で　不安で仕方がない

何が欲しいとかじゃない
約束出来る事はない
でも互いに好きだって気持ちは約束で

成り立つものなんかじゃない

あなたが笑ったり　怒ったり　喜んだり
そんな姿を側で見ていたい
そんな日は来ない　と　信じてる
二人が会えなくなる日

出逢った日の事を　思い出す
私がケガして　すぐ送ってくれたね
誰でも車に乗せてはくれない人だって事
ずいぶん後になって知った

何も求めてなんかいない
困らせたい訳じゃない

ただ　貴方が唯一の心の安らぎだって
いつも　いつも　変わらず…思うだけ

# 美しき想い

# 七枚の葉

僕が平気という事で
バラバラの石は一つになる
僕が強くなる事で
強くて立派な木が生える

寒くて葉っぱは凍えそうだけど
僕は　一枚一枚を　大切に思う
一生懸命な木に明かりを灯し

僕は寒空にも虹を架けたいんだ
どんなに寒くても
木の枝から離れては行かない
七枚の葉を暖めてあげたい

# 世和願心　～はてなく～

太陽の光
恵の雨
広がる草原
育つ花々

僕はこの世の中に疲れてるんだ

世和願心　僕の心は

世和願心　平和を願うよ

大きな力
影の力
優れた力
支える力

僕は力達に救われてるんだ

世和願心　疲れた心も
世和願心　気力で吹き飛ぶ
世和願心　自分の力を
世和願心　僕は信じる

大切にしている　この世の中は　多くの力に　支えられてる
僕のかかえきれない　大切なモノを　見えるような　見えない形で

# 金木犀　～キンモクセイ～

霧深ければ深い程
見えない先に戸惑う
周りが見えるまで時を待ち
出来る事を見つけてく

誰かに助けられる事で
ほんのり心温まるって
あなたは知っているのかな？

上を見れば霧がない　下を見ても霧がない

金木犀　金木犀　金木犀が咲く
金色　ほのかに　香りを残す

生き歩む人は皆
這い上がる心を持つ
誰から受ける心遣いも
当たり前ではない

誰かを助けられる事で
ほんのり心温まるって
私は知る事が出来た

上を見れば霧がない　下を見ても霧がない
金木犀　金木犀　金木犀が散る
金色　ほのかに　香りを残す
金木犀　気高い人　咲いては散り行く
金色　ほのかに　香りを残す

# 絆　~先生~

1.
何故泣いたのだろう
涙を拭くハンカチも持たず
上を向いて　子供みたいに
鼻水すすりながら

サヨナラ
あお空　いっぱいの　晴れたこの日に
私　卒業します

ありがとう　伝えたかった
恥ずかしくて　涙止めたけど
気持ちは　先生と同じ
私　寂しいです

2.

この不安の中で
私はここから踏み出します
下を向かず　大人みたいに
必死の作り笑顔

綺麗な
桜の花びらが　散り始めた頃
私　入学します

期待して　欲しくはない
私の　歩む道だから
けれど　先生との約束
私　やってみせます

逞しく　草花が咲いている　この春
先生の泣き顔を胸に
新しい　絆　作ります

# 違う形の雲の下

# 思うままに生きて

裏切られたような
気持ちを捨てて
自由になろうよ
苦しいから

人の心は時にギクシャク
相手を思うばかりに
ドツボにハマってくこともある
その　思いやりって必要かも

一人で行動するのは
意外と楽なもの
いつも一人でなくていい
話せる人に話せばいい

雲の動きを少し見てみて
少しずつ離れたりくっついたり
そんな動きを見てると
のんびりした気持ちになれる

思うままに生きたい

思うままに生きて

# どんな事も受け入れよう

どんな事も受け入れよう
だって　私は口ばかり
どんな事も受け入れよう
上で戦っている人の姿すら
知りはしないのだから

# 助けないという優しさ

いずれは自身で生きて行く
誰も頼る人等居なくなる時

助けないという意地悪は
助けないという厳しさに

助けないという厳しさは
本当は
助けないという優しさ

# 違う形の雲の下

同じ人間なのだから
同じ生き物なのだから
違う形の家々と
違う形の雲の下

# 父より

娘、友紀恵は三人の末っ子で、幼い頃から健康で、周囲から可愛がられて育ちました。私は仕事で残業が多く子供にはあまりかかわらず、良い親とは言えませんでした。妻や私の母にまかせて来ました。友紀恵は学生時代から現在まで良い友達にも恵まれています。途中からは健康不安が出ましたが、現在の仕事場ネオクリエイションにて仕事面でも良い上司・同僚に恵まれ、幸せです。感受性は鋭いところがあり、思いついたらとことん進める意気込みで、こんどの永瀬清子現代詩賞受賞もできたので、これを誇りに思っています。

このたびは今まで作った詩を自費出版して皆様方のご批評に供したいと思いますのでどうぞよろしくお願いします。

遠藤志郎

# あとがき

私はある障害を持っています。

中学三年で発症し、色んな意味で色んな制限をされて生きて来ました。

当時は、同級生と同じ事が出来ない事で家族と揉めたり、試みたとしても叶わなかったかも知れませんが、自分のやりたかった夢を諦めたり、二十歳の頃は大袈裟ですが、何もかもが嫌になり、自分なんて消えて失くなってしまえばいいのだと、深刻に考えました。

今は幸せ一杯ですか？　と、聞かれたら、そんな事はないでしょう。ですが、今の私はその頃の私とは違い、障害があるなしに関わ

らず、人間は人間。人間として強く逞しく生きている人達がいると
いう事を教わる事が出来ました。

障害がないから幸せでもないし、障害があるから不幸でもない。

今はそんな気持ちで生きています。

その気持ちを持たせ、支えてくれている家族に、側に居ない時でも信頼できる友人に、農業を通して、人間の嫌な面も自分の嫌な面も痛感させられますが、それを乗り越える忍耐力と体力を付けさせてくれているマヤファームの皆んなに、私の人生に関わって下さる皆様に、そしてこの本『違う形の雲の下』を手に取って下さった方々に、この場を借りて心から感謝を申し上げたいと思います。

遠藤　友紀恵

著者紹介
遠藤友紀恵（えんどう　ゆきえ）
1974年　岡山市で生まれる
2015年２月　「玉ねぎの詩」『現代農業』野良で生まれたうたに掲載
2016年８月　「生き方の法則」　第１回永瀬清子現代詩賞受賞
［所属］
黄薔薇、岡山県詩人協会
現住所　〒703-8244　岡山県岡山市中区藤原西町２丁目４-31

発行日　2016年12月５日
書　名　違う形の雲の下
著　者　遠藤友紀恵
発行者　遠藤友紀恵
発　売　吉備人出版
〒700-0823 岡山市北区丸の内２丁目11-22
電話 086-235-3456　FAX 086-234-3210
ホームページ　http://www.kibito.co.jp
E-メール　mail:books@kibito.co.jp
印　刷　株式会社三門印刷所
製　本　日宝綜合製本株式会社


ISBN978-4-86069-504-0　C0092